8° O³ a 3640 (Bourdonnaye)
L

O. DE LA BOURDONNAYE

Lieutenant au 4e Cuirassiers

Dans le Bled

Esquisses Algériennes

BIBLIOTHÈQUE NATIONALE
AF474274

Henri CHARLES-LAVAUZELLE, Éditeur

PARIS, 10, Rue Danton, Boulevard Saint-Germain, 118

BIBLIOTHÈQUE NATIONALE
BF
IMPRIMÉS

Dans le Bled

Lk8
2045

DROITS DE TRADUCTION ET DE REPRODUCTION RÉSERVÉS.

Lieutenant O. de la BOURDONNAYE

Dans le Bled

BIBLIOTHÈQUE NATIONALE
RF
IMPRIMÉS

PARIS
HENRI CHARLES-LAVAUZELLE
Éditeur militaire
10, Rue Danton, Boulevard Saint-Germain, 118

(MÊME MAISON A LIMOGES)

Les notes qui suivent n'ont aucune prétention, je me hâte de le dire. Je n'ai eu, en les rédigeant, qu'une intention : revivre mes souvenirs. Je souhaite qu'elles intéressent le lecteur, dont je réclame toutefois l'entière indulgence.

Juin 1904.

Dans le Bled

Marchés arabes

Lalla-Maghnia est un des principaux marchés de l'Algérie, situé aux confins du territoire français, à l'entrée de la plaine des Angad. C'est là que les Marocains viennent prendre le premier contact avec les colons algériens. A quelques kilomètres, ils ont dû déposer leurs armes, par ordre de l'autorité militaire : sage mesure destinée à empêcher la poudre de parler sans raison. Dans la hutte du Kahouaji (1) de la frontière, sur la piste de Maghnia à Oudjda, s'entremêlent dans un désordre pittoresque, quantité d'armes des

(1) Cafetier indigène : Kahoua, café.

modèles les plus différents : carabines Winchester ou Colt, Lefaucheux ou même fusils à pierre; les uns sont en bon état, d'autres raccommodés avec des fils de laiton, avec des plaques de zinc; d'autres encore, rongés par la rouille, sont enveloppés de bandelettes, aussi loqueteuses que leurs propriétaires. Le tout, bourré jusqu'à la gueule, est prêt à éclater au moindre choc. Chaque samedi, les Marocains s'acheminent vers le marché, poussant devant eux leurs bêtes indolentes. Les tribus françaises viennent également y trafiquer. Ce jour-là, le bourg semble se réveiller de sa torpeur de la semaine. Pendant vingt-quatre heures, règne une agitation inaccoutumée.

Les rues, longues et larges, prennent de l'animation; devant les maisons blanches, jusque-là silencieuses sous leur linceul de chaux, se pressent les Arabes, à la figure osseuse, au teint cuivré. Le reste de leur corps (souvent semblable à un squelette) disparaît sous les cotonnades de couleur uniforme qui leur donnent des airs de revenants. Les arrivants se poussent vers l'enceinte où vont parquer bêtes et gens, entre quatre murs d'une maçonnerie légère surmontée d'une palissade. L'espace total est divisé en deux; les Marocains sont ainsi séparés des Arabes soumis à notre autorité. Pour entrer au marché, tous payent une certaine redevance et le bétail subit une visite sanitaire. Seule l'honnêteté des vendeurs ne peut être rigoureusement contrôlée.

Imaginez-vous maintenant un immense grouillement dans un rectangle de deux ou trois cents mètres de long sur cent de large; des hommes plus ou moins en haillons, les uns accroupis sur le sol devant des paniers regorgeant de dattes, de grenades, de piments, de pastèques, selon la saison; d'autres, la majeure partie, traînant leurs loques sordides autour de troupeaux indociles qu'ils ramènent à l'obéissance à coups de matraque;

et, sous de misérables tentes rapiécées, des artisans raccommodant de vieilles babouches ou soudant des morceaux de fer rouillé qu'ils argentent d'une couche d'étain neuf. Çà et là, parsemés dans la foule, des tirailleurs en faction, la baïonnette au canon, pour maintenir les relations courtoises jusqu'à la fin ; aux angles, immobiles sur leurs petits chevaux qui dorment debout, des spahis, la carabine à la main, prêts à réprimer le moindre désordre.

Le dimanche matin, les diligences amènent les colons attardés de Tlemcen et de Nemours, qui viennent renforcer le contingent arrivé la veille. Ils ont passé une mauvaise nuit sur les banquettes mal rembourrées d'un lourd et antique véhicule traîné par cinq chevaux vigoureux. Leur débarquement est curieux. Pendant que de l'intérieur sortent les Européens à demi éveillés, de la bâche qui recouvre l'impériale, descendent des Bédouins aux burnous d'un blanc douteux, ayant fait, grâce à leur situation aérienne, un voyage à prix réduit. Et la bâche est inépuisable.

Les rues se peuplent des nouveaux venus, auxquels se mêlent les nombreux Espagnols habitant le village. Le chapeau de feutre gris à grands bords, entouré de minces rubans noirs, encadre leur figure entièrement rasée. Le gilet ouvert sur la chemise de coton, le pantalon étroit d'en haut et s'élargissant aux jambes, retenu par une ceinture de laine mal serrée faisant plusieurs fois le tour du corps, donneraient à ces hidalgos l'air de francs brigands s'ils débouchaient inopinément de quelque buisson au tournant d'un grand chemin. Au demeurant, ce sont de bons enfants, venus de l'autre côté du détroit chercher fortune, d'excellents travailleurs; leurs femmes sont des ménagères infatigables, leurs innombrables enfants, des recrues pour la colonie. Les parents ne parlent point le français, mais les bambins l'écorchent assez honorablement.

Dès l'aube, le marché est envahi par le flot des acheteurs et les transactions commencent. C'est à qui, entre « biccos » (1) et colons, déploiera le plus d'astuce. Les premiers défendent leurs prix, les seconds défendent leur bourse. Chacun se connaît. Ainsi l'on fait de bonnes affaires. Dans un encombrement général, un bruit de voix éclatantes, des protestations interminables, des discussions que l'on prendrait pour des disputes, le nom du Prophète invoqué et les marchés sont conclus. Les acheteurs font marquer leurs bêtes et s'assurent par ce moyen qu'elles ne seront pas échangées (2). C'est surtout le bétail qui afflue, le reste n'est qu'accessoire.

A midi, le marché est terminé.

Les colons vont dans les cafés payer leurs créanciers et les douros s'élèvent, en piles

---

(1) Dérivé vulgaire des mots *arbi*, *arbiccos*, employé communément pour désigner les indigènes.

(2) Ceci s'applique aux moutons principalement, sur la toison desquels on dépose à la fesse un peu de rouge ou de bleu.

bien alignées, sur les tables de marbre. Le douro est la seule monnaie d'un usage commun. L'or fait prime et les « louis » ne se trouvent qu'aux colliers des femmes arabes assez riches pour s'offrir ce luxe. Aux billets de la banque d'Algérie, les indigènes ne tiennent guère, et les Marocains leur préfèrent les douros espagnols qui leur sont familiers.

La place se vide comme par enchantement, les troupeaux non vendus vont chercher acquéreurs à Tlemcen, formant sur la grand'-route une file interminable qui marchera toute la nuit. Les Marocains retournent chez eux, la zaboula (1) garnie de pièces sonores; ils retrouvent, au moment de franchir la limite fictive des deux pays, leurs armes laissées la veille au café maure transformé, pour la circonstance, en bureau des douanes.

(1) La zaboula tient lieu de porte-monnaie. C'est une pochette en cuir filali ou autre, de forme rectangulaire, dont l'ouverture se plie en se rabattant sur elle-même, empêchant ainsi le contenu de s'échapper.

Au Hammam

Le hammam (1) est devenu une sorte de besoin dans la vie des musulmans. L'usage n'en avait pas été prescrit par le Prophète, mais il répond au texte du Coran qui recommande les ablutions fréquentes. Les Romains (2) ont été les premiers à construire, dans l'est de

---

(1) Nom arabe du « bain ».

(2) C'est aux Grecs que les Romains empruntèrent eux-mêmes le goût de l'étuve. Les empereurs l'ont principalement développé en faisant édifier des établissements fort luxueux dont l'Italie et la Gaule conservent aujourd'hui les vestiges. Mais l'Orient surtout a gardé, grâce à l'invasion des mahométans, dans les possessions romaines d'outre-mer, les plus pures traditions des bains anciens.

l'Algérie, de nombreux thermes dont l'antique splendeur n'est malheureusement plus représentée que par des ruines. Néanmoins, le principe a subsisté et toute agglomération d'habitants possède aujourd'hui un ou plusieurs bains maures (1). Ce n'est pas un luxe, mais bien une nécessité de la vie; l'Arabe ne s'en prive que lorsqu'il y est contraint. La civilisation n'a guère pénétré jusqu'ici dans ces établissements de première salubrité, où les indigènes ne recherchent point notre confort européen.

Dans les grandes villes elles-mêmes, les hammams (2) n'offrent point de différence notable avec ceux que l'on rencontre dans les bourgs. Ils n'ont pas l'aspect plus séduisant. C'est toujours la même muraille d'une bâtisse lavée à la chaux, percée d'une seule porte qui

(1) Ainsi appelés parce qu'ils sont destinés à l'usage des indigènes, des Maures.

(2) Il ne s'agit que des hammams de l'Oranie, les provinces d'Alger et de Constantine étant, en cela comme en beaucoup d'autres choses, infiniment plus riches.

donne accès, comme dans toutes les demeures indigènes, à un passage coudé; ou bien encore le hammam s'ouvre au fond d'un couloir sombre. La propreté des abords laisse plutôt à désirer; une odeur de sentine, due au voisinage de latrines malpropres, monte à la gorge. Enfin, pour les Roumis, — car les habitués connaissent bien l'endroit et souvent ne savent point lire le français, — on a peint en lettres noires l'inscription suivante :

BAIN MAURE

De midi à 7 heures du soir pour les femmes; de 7 heures du soir à midi pour les hommes.

Et la pluie s'est chargée de faire baver le badigeon, et d'émietter le plâtre de la devanture.

L'après-midi étant particulièrement résérvée aux femmes, elles s'y rendent, dès que l'accès leur est possible, tout enveloppées

BIBLIOTHÈQUE NATIONALE

dans leur *haïk* (1), à travers lequel on ne distingue que la forme de leur châchia et la fente qui leur permet de voir. Chaussées de babouches énormes qui laissent à nu de blanches chevilles enlacées de bracelets d'argent (2), elles glissent sur le sol, tel un défilé de fantômes en plein midi.

Avec le coucher du soleil, les dernières femmes rentrent en leur logis; le hammam est ouvert au sexe fort. C'est un lieu de rencontre honnête, où certains, comme au café maure, passent une partie de la nuit. L'intérieur comprend deux grandes salles, l'une servant de lieu de repos, l'autre d'étuve (3). La première est la plus vaste. Son architecture est du style arabe le plus simple : des piliers cylindriques soutiennent des voûtes en arcade

(1) *Haïk*, longue pièce de toile ou de coton servant aux femmes de vêtement de dessus. On peut le comparer à une sorte de mante avec des proportions plus vastes.

(2) Les Khelkhal.

(3) La salle de repos se nomme le *beyt er raha*; l'étuve, le *beyt es s'roun* (chaud).

et limitent une galerie circulaire dans laquelle on installe des couchettes. C'est, à peu de chose près, toujours la même disposition. Quelques bains, comme celui dit des Teinturiers, à Tlemcen, présentent un intérêt archéologique, mais le temps y a fait de grands ravages. Puis, le manque de goût des indigènes détruit également l'harmonie des édifices. La couleur locale en souffre parfois. Il n'y a pas un hammam où l'on ne voie, aussi bien qu'à la mosquée, une de ces grandes horloges semblables à celles de nos campagnes, mais dorées de l'or le plus vif, et renfermées dans une haute et longue caisse au bois verni tout reluisant.

Le premier personnage qui s'offre à la vue est un vieillard, assis derrière une sorte de bureau, qui prépare du café ou du thé en de minces récipients de fer battu à long manche, déposés sur un lit épais de cendre chaude. Une autre de ses occupations est de conserver en dépôt les objets précieux des clients, car la promiscuité du hammam peut devenir dangereuse pour les porte monnaie. Derrière lui s'agite le balancier de la pendule, qui berce d'un éternel tic-tac sa nonchalance orientale. Sur le pourtour de la salle et le long des murs, perpendiculairement à ceux-ci, sont rangés les matelas servant de lits de repos. On se déshabille en quelques minutes, le garçon de bain vous présente les *kebkeb* (1). Le masseur jette autour de vos reins une *fouta* (2) multicolore, vous accompagne pour assurer vos pas chancelants, enfin vous fait pénétrer dans l'étuve.

On y est, la première fois, littéralement suffoqué par la température, et l'on respire avec peine au milieu d'un brouillard de vapeur (3)

(1) Le garçon de bain se nomme *tyiab;* les *kebkeb* sont des sandales en bois légèrement élevées au-dessus du sol, retenues aux pieds par une bande de cuir, et qui rendent la marche difficile.

(2) La *fouta* sert de pagne.

(3) On reprend vite ses sens; la congestion n'est pas à craindre. Un intervalle d'une heure et demie après le repas suffit à un Européen pour qu'il prenne un bain maure. Les Arabes dédaignent ces précautions.

On abandonne les sandales, le masseur vous ceint d'une autre étoffe de coton après avoir enlevé la première et vous laisse, marquant précipitamment le pas, pendant qu'il va préparer ses ustensiles. On trépigne sur les dalles (1), où la chaleur atteint cinquante degrés en certains endroits. La vapeur émane d'un réservoir encastré dans la muraille, communiquant par un conduit avec la chaudière placée sous le blat.

Celui-ci est chauffé par un foyer établi à l'étage inérieur (2). A une extrémité de la

(1) En arabe, le *blat*.

(2) Les foyers sont alimentés par des détritus de toute espèce, surtout par des fumiers que les indigènes cherchent en ville ou à la campagne, avec des ânes porteurs de sacs immenses qui leur battent les flancs. Des nègres sont souvent employés à ce service de conducteurs. Ils descendent d'esclaves achetés autrefois par les Arabes au Touat, au Soudan, et livrés d'une famille à l'autre, comme un bien mobilier. Ces nègres ont fait souche tout en restant dans leur premier état. Ils coûtent peu, travaillent avec acharnement et sont doués d'un tempérament de fer. Comme chauffeurs, il vient en Oranie beaucoup de Figuigiens qui se font une spécialité de ce métier.

salle se trouve une cuve d'eau froide qui permet au baigneur de ne point se laisser échauder. Le *kayyas* (1) fait un mélange convenable d'eau à une température plus douce dans un baquet qu'il traîne à vos côtés. Il étend par terre un linge humide et vous y couche tout de votre long.

Le supplice commence. C'est, en premier lieu, un massage en règle où le masseur déploie toutes les finesses de son art, s'attachant à vous faire apprécier la force de ses muscles par la façon habile dont il en use. Il est fier de faire craquer et sonner vos pauvres os sous sa puissante étreinte. Il passe ensuite le gant de crin (2) sur votre chair humide, imbibée déjà de vapeur, et l'on s'imagine être au pouvoir d'un bourreau, qui vous oblige à fondre sous la pesée de sa main rude. Après quoi, le savon s'en mêle, quand le kayyas ne

(1) Nom arabe du masseur.
(2) *Kasa* est le terme technique.

se sert pas de morceaux de *rasoul tefel*, fragments argileux d'une terre d'un gris bleuâtre qui décrasse parfaitement (1). Enfin, il vous asperge à grande eau, vous couvre, tout ruisselant, de linges épais qui vous enveloppent jusqu'à la tête.

Pendant ce temps, les moins fortunés se contentent de prolonger leur séjour dans l'étuve, en faisant eux-mêmes leurs ablutions.

Quelques minutes après, vous disparaissez sous plusieurs couvertures de coton. Le masseur vient les tapoter doucement pour activer la réaction et vous sécher. On transpire abondamment de nouveau, sous l'influence de tasses de thé parfumé de menthe sauvage, et l'on éprouve petit à petit le bien-être d'une

---

(1) Cette terre est analogue à la terre à foulon. Après l'emploi du *rasoul tefel*, un autre savonnage est nécessaire, au *sapoun er rahyia* ou savon parfumé. Les femmes, pour teindre leurs cheveux, font un mélange de noix de galle (*apsa*), d'oxyde de cuivre (*hadida*) et de minium (*zerkoun*).

sieste réparatrice que l'on peut faire durer, si l'on veut, jusqu'au jour (1).

---

(1) La location d'un bain maure coûte de 200 à 250 francs par mois, en moyenne. Elle ne comprend que l'étuve, la chaufferie et la salle de repos. Le matériel est entièrement fourni par le gérant. Le masseur, qui n'est employé que par les gens aisés, touche un traitement minime de deux francs cinquante par vingt-quatre heures ; la générosité des clients augmente sensiblement ce pécule. Le *moutchou*, jeune apprenti qui tient lieu de petit garçon de bain, reçoit aussi quelques piécettes en dehors des quinze francs que lui donne par mois son patron, le *maallem*. Il n'existe pas de masseuses, mais des petites filles remplacent le moutchou pour les femmes. Celles-ci ne font pas la sieste au Hammam ; elles peuvent y amener leurs filles, et ne paient en tout que dix à quinze centimes, à charge de remettre au bain, le jour du mariage de l'une de leurs enfants, une certaine somme, une quarantaine de francs. Cet argent est donné par le futur. Les hommes versent, comme droit d'entrée, la même redevance que les femmes, mais les jeunes garçons n'entrent point gratuitement. C'est le *hack el hammam* (mot à mot : le droit du bain). Malgré ces prix infimes, le revenu d'un établissement bien fréquenté, loué par exemple 200 francs par mois, peut rapporter une moyenne de 600 francs, sur lesquels, le paiement des employés et les frais de linge et de combustible étant défalqués, il peut rester au patron deux cents francs de bénéfice net.

Un mariage à Tlemcen

A la porte du hammam de Ben-Zerjeb, une foule compacte attend la sortie du fiancé. Celui-ci procède aux ablutions d'usage, puis il revêt ses habits de fête. Il est en compagnie de ses proches. Un cheval, luxueusement harnaché, l'attend au dehors, recouvert d'une selle brodée d'argent. Près de là, des joueurs de flûte et de tambourins (1) ébauchent un prélude et n'obtiennent qu'une cacophonie bi-

---

(1) Ce tambourin est une sorte de tambour de basque que l'on appelle *t'ar;* parfois aussi il est formé d'une peau tendue sur un vase de terre : *derbouka*. La grosse caisse se nomme *t'bel,*

zarre. Des chanteurs les accompagnent (1). Les derniers rayons du soleil éclairent cette scène. Les torches s'allument et jettent une lueur fumeuse contrastant avec le jaune clair des bougies de cire multicolore déposées sur des triangles de bois majestueusement portés par des bambins. Bientôt paraît le patient auquel est réservée l'épreuve d'une promenade à travers les rues de la ville sur un cheval fougueux ou passant pour tel. Le cortège se forme, le « futur » est mis en selle. Il porte le burnous léger de coton blanc au capuchon garni d'un énorme gland bleu dont les franges lui retombent sur le front (2); le reste de son costume est blanc. Son visage est sévère et songeur. On ne le mène pourtant pas au supplice. Plus craintive doit être celle qui dans sa case l'attend sans l'avoir jamais vu.

(1) Ces gens sont loués pour la circonstance.

(2) Le vêtement est léger parce que d'ordinaire les mariages se font à la fin de l'été ou dans le courant de l'automne, quand l'argent de la moisson a rempli les escarcelles.

Les mariages, en effet, ne se font pas ici comme en Europe où les jeunes gens peuvent se rencontrer et s'étudier réciproquement avant la demande officielle. Depuis l'âge de douze ans, la jeune fille a pris le voile qui l'a soustraite aux regards indiscrets. Un an ou deux plus tard, quelquefois moins, quand elle se mariera, elle le laissera tomber devant un homme qu'elle n'aura pu ni connaître ni aimer. Elle se donnera avec indifférence, ses parents ayant décrété son union sans même la consulter sur le choix de l'époux. Vrai mariage de raison où le calcul remplace l'amour.

Avant d'aller trouver (1) celle qu'on lui destine, le fiancé doit accomplir une cérémonie qui n'est en usage qu'à Tlemcen (2). Ses amis lui font escorte; l'un d'eux tient résolument

(1) La femme est conduite dans la maison de son futur époux dans la soirée qui précède la consommation du mariage, escortée par ses compagnes et suivie de sa fidèle négresse.

(2) A Constantine et en Kabylie, où il existe des coutumes également consacrées par le temps, la promenade à cheval ne figure pas au nombre des réjouissances.

la bride du cheval; deux autres marchent de chaque côté, de façon à prévenir les chutes que pourraient causer les multiples écarts de la bête.

Pendant toute la durée du voyage, des pétards sont tirés devant l'animal pour l'effrayer. Des feux de bengale illuminent le cortège, qui s'avance aux sons bruyants d'un orchestre criard. Ces réjouissances ont aussi pour but d'exciter les chevaux et de provoquer la cabrade et les sauts de mouton. Le malheureux cavalier se balance éperdûment de droite à gauche et de gauche à droite sans pouvoir de sitôt espérer la fin de la fête.

Deux frères peuvent convoler le même jour et doivent alors subir un sort semblable. Si les chevaux sont bien dressés, les deux écuyers esquissent aux chandelles une reprise de sauteurs.

Pour les étrangers, cette procession ressemble à une cavalcade de mi-carême descendue de Montmartre ou du Quartier Latin.

Mais détrompez-vous, tout a lieu le plus sérieusement du monde; et si beaucoup de jeunes mariés se passeraient volontiers de cette exhibition en plein air, aucun, riche ou pauvre, ne voudrait se soustraire à cet usage. Ceux à qui leur fortune ne permet pas de posséder un cheval d'apparat, s'adressent à un voisin ou à un ami qui le leur procure. Et cetains chevaux n'acceptent pas avec une bonhomie semblable les divers exercices auxquels se livrent les énergumènes qui les entourent. D'aucuns pointent pour de bon, et les aides veillent à maintenir en selle le fiancé, malgré les fortes secousses qu'il ne cesse de recevoir. D'autres, pour qui ce n'est pas une nouveauté, demeurent impassibles au bruit des tam-tam et indifférents à l'éclat des fusées. Il faut les aiguillonner pour leur donner une apparence de fougue. Tel, dans une arène improvisée, un taureau refuse les honneurs des banderillos, dédaigne le lambeau d'étoffe rouge qu'on agite devant lui, et ne baisse pas la tête devant l'épée du matador prête à le traverser.

Il est peut-être permis de chercher un symbole dans cette chevauchée pittoresque, bien que beaucoup d'Arabes n'y voient qu'un acte consacré par l'usage (1). Doit-on le regarder comme un pèlerinage aux marabouts parce que la procession s'arrête et chante de plus belle en passant devant une mosquée ou devant quelque koubba (2) ? Le marié en profite-t-il pour implorer le saint et mettre sa vie sous sa protection ? Ou bien faut-il simplement rapporter l'impassibilité de son regard et l'immobilité de son corps à la résolution prise de supporter sans faillir les charges de

(1) Ce serait une sorte de promenade triomphale, le marié étant, le jour de ses noces, considéré comme un roi par son entourage.

(2) Tombeau d'un marabout. Le mot marabout s'applique, dans le langage courant, au saint lui-même comme au lieu où il repose.

la vie commune? Car il y a pour eux de la force et de la noblesse à figurer aux prises avec une bête supposée indomptée, à résister à ses caprices et à mater sa méchante humeur.

Quoi qu'il en soit, les pauses successives devant les tombeaux vénérés permettent au cavalier de se reposer des joyeuses « lançades » de sa monture. Puis tous se remettent en route et se rendent avec la même solennité à la maison de l'époux. Le fiancé descend de cheval, le groupe se disloque pendant qu'il disparaît. . . . .

. . . .

. . . .

Un peu plus tard, la vieille négresse attachée à la famille montre à celle-ci le *serouel* (1) maculé de sang qui témoignera de la validité du mariage.

---

(1) Pantalon large, retenu à la taille au moyen de cordons à coulisse.

Une tournée dans le Bled [1]

Une tournée dans le Bled est un voyage curieux et pittoresque, surtout lorsqu'on accompagne un personnage de marque. On éprouve l'impression du conquérant venant recevoir l'hommage-lige de ses vassaux. L'esprit féodal est en effet resté très vif et le demeurera chez les Arabes. Leur libre existence a quelque chose de noble et de seigneurial.

L'indigène va et vient à cheval ou à pied, selon ses moyens; il soulève des journées en-

(1) Pays, campagne. On dit le Bled comme d'autres disent la Pampa, le Velt, la Prairie, la Lande, la Dune, la Steppe, la Brousse.

tières la poussière du Bled. Les bagages ne l'encombrent point. Il n'a guère que son fusil en bandoulière, un de ces vieux fusils plus ou moins rongés par la rouille, aux chiens toujours menaçants, toujours chargés et bourrés de telle sorte qu'on se demande parfois si pour les empêcher d'éclater un miracle ne sera pas nécessaire.

Il vit heureux dans l'immensité qui l'entoure, satisfait de se sentir les coudées franches, se reposant aujourd'hui, demain marchant la route toute la journée, sans se rendre compte de la distance, de la nature du terrain, ni de la température. Drapé dans ses burnous, peu sensible à la chaleur comme au froid, il vit dans une indifférence résignée qui fait de lui un être presque végétatif. Peuple primitif, il s'étonne peu des découvertes, les dédaigne même, et marque constamment le pas dans la marche générale du monde vers le progrès.

Loin du Tell, où le travail manuel, les occupations agrestes, la culture maraîchère emploient l'indigène qui vit en contact perpétuel avec l'Européen, l'Arabe retrouve dans le Bled toute la simplicité et la grandeur de sa première existence. Pasteur et nomade, il erre nonchalamment et sans bruit derrière ses troupeaux et vit sous la tente avec ses femmes et ses nombreux enfants, le tout gardé contre les incursions étrangères par quelques chiens, à longs poils, blancs ou fauves, appelés communément chiens kabyles. Tenant du chien et du loup, nourris uniquement de détritus, ces sauvages gardiens du douar (1) en défendent avec férocité les approches. Il faut généralement plus que la parole du maître pour les faire taire. Il faut que des bambins à moitié nus, et des petites filles aux hanches à peine couvertes d'une légère fouta les poursuivent de leurs cris et de leurs gestes, et leur lancent des pierres.

(1) *Douar*, réunion de tentes.

Qu'un chef français soit signalé aux environs, vite la nouvelle s'en répand. De tous les douars affluent de nombreux indigènes, le caïd en tête, vêtus de leurs costumes de gala. Tous viennent le saluer à son passage, l'assurer de leur fidélité à la France. S'il se déplace, c'est un cortège imposant qui l'accompagne, lui et les officiers de sa suite, c'est un goum caracolant sans cesse comme un essaim autour de celui qu'ils considèrent comme le représentant du beylick (1).

En 190..., au moment où la cause du prétendant agitait les tribus de la frontière marocaine, l'autorité militaire avait, pour surveiller plus particulièrement les Nomades, fait occuper certains points d'eau très fréquentés. Voulant se rendre compte de l'installation de ces postes, le commandement supérieur entreprit une tournée d'inspection. J'eus la chance de faire partie du voyage. Le

(1) Mot turc signifiant gouvernement, administration.

bureau arabe l'avait organisé. Les caïds avaient été prévenus. On leur avait laissé entrevoir la nécessité de former une escorte d'honneur et d'offrir la diffa (1) à l'arrivée. Mais, pour l'Arabe, rien ne se peut faire sans apparat. Comme tous les orientaux, ils aiment le luxe, tout ce qui frappe les yeux, tout ce qui brille. Nous autres, Européens, nous sommes, il est vrai, également touchés par l'appareil extérieur que nous jugeons comme un complément nécessaire de toute fête. C'est un sentiment très humain. Il faut souvent étonner la multitude pour vaincre et captiver les intelligences.

Quand nous partîmes, à peine avions-nous laissé derrière nous dans le lointain la bourgade de X***, que les tribus du voisinage nous recevaient à l'entrée de leur Bled pour nous accompagner sur leur territoire. Des coups de fusil sont tirés en notre honneur,

(1) *Diffa*, repas de l'hospitalité (de *dif*, hôte).

tandis que le caïd, pour témoigner son respect au chef français, descend de son cheval richement caparaçonné et vient lui presser et lui baiser la main, ainsi qu'aux gens de marque de sa suite. Puis, se remettant en selle, il ordonne le signal de la fantasia, qui commence aussitôt. Entraînés dans une course folle autour de nous, des groupes entiers de cavaliers s'élancent au galop, droits sur leurs étriers dont les coins chatouillent le ventre des chevaux, et brandissent, tout en jetant des cris de guerre, leurs *moukhalas*, dont la gueule béante et noircie nous vomira tout-à-l'heure, à bout portant, des nuages de fumée.

Ainsi, tout le long de l'étape, voltigent autour de nous, les coursiers hennissants. Les burnous de leurs cavaliers, dont les plis leur retombent sur la croupe, les font ressembler aux chevaux ailés de la mythologie. C'est une cavalcade sans fin, un tourbillon..., l'odeur de la poudre nous enveloppe, l'air est déchiré par le bruit des détonations; le sol, battu violemment par les chevaux à la charge, retentit d'un bruit rauque; la terre paraît mugir et ses entrailles avoir soif de sang.

Dans chaque poste, à l'arrivée, la petite garnison, rangée en bataille sur le front de bandière de son camp, rend les honneurs. Le *bordj* (1), trop étroit, permet seulement d'offrir un gîte à quelques passagers. On s'imagine volontiers un vieux château fort, quelque burg modernisé, perché au sommet d'une colline, en nid d'aigle, découvrant la plaine à ses pieds. Le mot évoque plus de poésie que la réalité. C'est une simple bâtisse en pierres mêlées de briques, lavée intérieurement et extérieurement à la chaux, sans recherche dans l'architecture, sans luxe dans l'ameublement. Une moitié est souvent destinée aux gens, l'autre aux animaux. Deux ou trois pièces, dont l'une peut servir de cuisine, une

(1) Colline fortifiée, par dérivation redoute de petites dimensions. Comparez *berg*, *burg*.

écurie pour quelques chevaux, un terre-plein tout autour de la maisonnette, limité par un talus en banquette dont la pente vient mourir dans un large fossé : voilà le bordj.

La situation du bordj diffère selon les circonstances qui ont nécessité sa construction. Il se trouve ici sur une hauteur, là à flanc de côteau, plus loin, à une croisée de pistes arabes, mais toujours à proximité d'un point d'eau.

Matin et soir, à chaque séjour, un des caïds offre à tour de rôle la diffa, toujours composée des mêmes mets. La diffa, qui profite à tous, est la façon la plus naturelle de prouver à son hôte le respect pour sa personne.

Dans le courant de l'après-midi, grande assemblée des principaux caïds, accompagnés de leurs *khalifas* (1). Ce dernier personnage est, dans la tribu, le premier ministre du caïd. Pris généralement dans sa famille,

(1) *Khalifa*, remplaçant, lieutenant, vicaire.

fils ou frère du chef, il concourt avec lui à l'administration du groupe, c'est un secrétaire d'Etat au petit pied. Aucun conseil des ministres ne peut donner la moindre idée d'une séance de cette sorte. Les caïds sont introduits sous la tente du chef français et prennent place avec le cérémonial et les salutations d'usage. Puis ils s'assoient et restent immobiles et muets, le visage impassible, écoutant sans laisser percer leurs sentiments le discours que l'interprète militaire leur traduit à mesure. A peine un balancement cadencé de leurs têtes prouve-t-il, à la fin de l'entretien, qu'ils l'ont compris.

Leur réponse est toujours la même. Les caïds assurent une fois de plus le représentant de la France de leur entier dévouement et prient Dieu de faire descendre sur lui et sa famille toutes ses bénédictions; ils lui témoignent leur gratitude profonde pour l'intérêt que leur porte la métropole.

Si l'un d'eux éprouve la nécessité de traiter une affaire politique, il le fera avec la plus grande circonspection. Il ne hasardera qu'un ensemble de phrases vagues, incapables de laisser voir le fond de sa pensée. Mais, en particulier, quand les autres caïds auront disparu, il dévoilera quelques-unes de ses idées. Encore ne le fera-t-il qu'avec retenue, son caractère étant dominé par la méfiance. De temps en temps, si la réponse lui plaît, ses grosses joues esquisseront un malin sourire, ses yeux luiront d'un éclat plus brillant, sans que s'adoucisse le son de sa voix rude. Lequel sera le plus rusé des deux ? A vous d'être plus adroit que lui.

Une chasse au sloughi sur les hauts plateaux

Le sloughi est de l'espèce du lévrier. Mais il n'a pas l'aspect efflanqué du lévrier d'Europe, qui se traîne péniblement en balançant son corps dont le centre de gravité semble avoir été ramené trop haut par la nature. C'est, au contraire, un chien vigoureux et souple tout à la fois, admirablement taillé pour la course, capable de gagner de vitesse le renard, le chacal et le lièvre plus agile encore que ceux-là. La gazelle elle-même ne saurait toujours lui échapper en fuyant devant lui.

Le sloughi a la tête fine, terminée par un museau pointu; le cou, puissant et fortement tendu, descend sur une poitrine large et profonde, la ligne de dessous est nettement relevée en arrière, les avant-bras sont longs, les genoux et les jarrets tout près de terre. Sa conformation se rapproche de celle du pur-sang. Malheur au gibier qui, trop confiant en ses propres forces, ne ruse pas avec lui. Car l'animal poursuivi n'a souvent qu'une chance de salut. C'est d'accuser un défaut, de disparaître brusquement et de laisser son adversaire sans odorat s'égarer dans un galop vertigineux à la recherche d'une proie qui lui échappe tout d'un coup. Le sloughi revient alors sur ses pas, prend des *canters* plus ou moins désordonnés pendant que l'animal fuit à toutes jambes dans le lointain.

De robe généralement fauve, le sloughi porte parfois à la tête ou aux extrémités des marques noires. On en rencontre également de robe plus sombre : ils peuvent être mouchetés, marrons, ou même tout noirs. Celui que préfère l'Arabe est de robe claire.

Comme caractère, c'est un être plutôt sauvage qui parfois s'adoucit lorsqu'on prend soin de lui. Mais on n'est pas toujours récompensé de sa sollicitude. L'origine première reprend le dessus, l'animal aime sa liberté, son indépendance, et n'obéit que par caprice si cela lui plaît d'obéir. C'est, en tout cas, le chien courant le plus approprié aux chasses des hauts plateaux d'Algérie, employé seul ou en meute.

Comme je l'ai dit, le sloughi a besoin constamment de ses yeux pour chasser. Aussi n'est-il employé que dans les régions où l'alfa est à peu près la seule végétation. Les touffes suffisamment denses sont, avec le thym, l'unique ornement de ces espaces désertiques bordés par un horizon sans fin. Çà et là, émergent des montagnes aux flancs abrupts et dénudés dont les crevasses donnent abri à quelques perdreaux.

La chasse à courre avec les sloughis est certainement une des plus curieuses qu'il soit possible de voir. Et d'abord il faut un cheval résistant, qui vous permette de galoper à travers les ondulations du terrain, derrière l'animal, follement lancé dans l'alfa, qui disparaît et reparaît suivant la hauteur des touffes.

Quel que soit le gibier, lièvre, chacal ou renard, le genre de chasse est semblable, mais le fond de l'animal la rend plus ou moins longue. Si l'on est seul ou peu nombreux, il faut d'abord faire lever la bête, car le sloughi ne quête point. Il ne chasse que lorsqu'il a vu; il serait plus exact de dire qu'il poursuit; sauf de rares exceptions, sa poursuite est une victoire.

Les chasseurs se promènent à cheval dans l'alfa, laissant entre eux un certain intervalle; aussitôt l'animal levé, ils ne doivent pas le perdre de vue, afin de guider constamment les chiens sur sa piste et de relever le défaut, s'il y a lieu. Il faut donc monter un cheval presque aussi vite qu'un lièvre. Tant que les chiens ne sont pas en vue de l'animal, il faut galoper sur celui-ci à franc-étrier. Dés que le sloughi l'aperçoit, on le laisse fondre sans répit; on suit à quelque distance, prêt à corriger le défaut.

Quelle ardente chevauchée dans des terrains d'aspect uniforme, souvent coupés de ravines, parsemés de rochers, de touffes impénétrables, de pierres roulantes, avec un horizon toujours fuyant devant soi, et devant soi aussi un point grisonnant qui s'éloigne, le lièvre ou le chacal, des animaux fous de vitesse, talonnés par des animaux fous de vigueur et d'entrain!

Autre chose est la chasse lorsqu'on est en nombre et que l'on emmène une petite meute. Le meilleur élément de succès est d'avoir avec soi des indigènes. Quelquefois, d'ailleurs, ceux-ci vous font part de leur intention de détruire quelques chacals ou de galoper quelques lièvres.

Je me trouvais, il y a quelques années, à X***, et les gens de la tribu des S***, voulant purger le Bled des chacals qui décimaient leurs troupeaux, organisèrent une chasse en règle, à laquelle le chef du bureau arabe et plusieurs officiers furent invités. Au jour dit, nous arrivions en un galop de vingt kilomètres au rendez-vous. Nos chevaux de chasse nous y attendaient. Vingt à vingt-cinq Arabes s'y trouvaient, devisant par groupes, longuement et largement drapés dans des burnous noirs ou bleus recouvrant d'autres burnous en laine blanche. Derrière eux se tenaient immobiles les juments dont les têtes, suivant la lanière de cuir fixée au mors qui pendait par son propre poids, paraissaient retenues au sol comme par une barre de fer. Près de là, la meute éparse des sloughis dociles, songeant aussi, on l'eût cru du moins, à voir leurs yeux perdus dans le vague éclairant doucement leur museau allongé.

Le chef du bureau arabe n'a pas encore arrêté sa monture que déjà les caïds se précipitent à sa rencontre, baisent ses mains en reportant ensuite leurs doigts à leurs bouches, tiennent son étrier quand il met pied à terre, et lui parlent gravement, de politique sans doute....., Non, leur air profond ne cache point de mystère et n'exige pas de discrétion; il ne s'agit que de la chasse.....

Bientôt tout le monde est à cheval et chacun prend son point de direction dans l'alfa. On s'avance en fourrageurs. Balançant silencieusement leurs jambes aux flancs de leurs petits chevaux étiques, à la crinière touffue, à la queue traînante, les Arabes fixent leurs yeux de lynx sur les touffes d'alfa qu'ils traversent. De temps à autre, un lièvre troublé dans son gîte se lève affolé et, réveillant l'attention des sloughis, les excite à rompre leurs liens. Tout à coup, à l'extrémité gauche de la ligne, des cavaliers bondissent en avant. Aussitôt le signal est compris; quelques cris longs et perçants font rameuter les fourrageurs. Les sloughis sont lâchés : l'équipage est en chasse, un chacal a déboulé. . . .

. . . .

Mais au lieu de hunters puissants galopant en mesure, poussés en cadence par des gentlemen en habit rouge dont les basques flottent au vent, c'est une envolée de petits chevaux ardents lancés à la charge, sous l'aiguillon acéré d'Arabes aux burnous gonflés par l'air qui leur battent de chaque côté comme des ailes gigantesques.

Les fourrageurs se rallient dans un canter furieux vers le point d'où sont partis les premiers cris. Les chiens galopent et peu à peu gagnent sur l'animal. Celui-ci lutte désespérément de vitesse; saisi une première fois à belles dents, il fait, avec le sloughi emporté par son élan, une pirouette en l'air et réussit, en retombant sur ses pattes, à se dégager de l'étreinte de son adversaire. Mais à peine a-t-il fait quelques mètres, qu'il se trouve rejoint de nouveau. C'est un hallali courant qui dure quelques minutes. Le chacal, épuisé, s'affaisse en un spasme nerveux, ne confiant plus sa défense qu'à ses crocs aiguisés, dont la pointe caresse tour à tour plus d'un de ses ennemis.

Les sloughis font rage sur leur victime. C'est à qui aura enfin raison de sa résistance. Celui-ci lui saisit le cou à pleine mâchoire, le secouant en tous sens. Celui-là laboure de ses dents, longues et fines, les flancs de l'animal à demi-mort, couché déjà sur le côté, dans l'attente de sa fin prochaine. Il faut qu'un indigène mette un terme à ce carnage en descendant de cheval et en écartant les chiens. Tirant son *khoudmi* (1) à la lame tranchante et effilée, il le repasse sur une pierre qu'il porte sur lui, afin de l'aiguiser. Il saisit alors de la main gauche le cou du chacal et, de la main droite, après avoir arraché

(1) Couteau arabe.

quelques poils, sépare carrément la tête du tronc par une entaille large et profonde. Une traînée de sang rougit la terre, l'animal a vécu; il est jeté sur une selle et tout le monde s'égaille à nouveau.

Un peu plus loin, même scène suivie du même dénoûment. Cela se répète quatre fois en l'espace de deux heures : trois chacals et un renard sont pris; encore avons-nous perdu un chacal qui a réussi à dépister les chiens. Ce dernier nous offre un galop de « deux mille » dans l'alfa, dans les cailloux, parmi toutes les ondulations dont on ne soupçonne l'existence que lorsqu'on arrive dessus. Je me trouvais, avec un camarade, un peu en arrière des premiers pisteurs lorsque la bête, faisant demi-tour, revient droit sur nous, à notre vue, fait un oblique; nous nous lançons à sa poursuite, ou plutôt nous rallions sur elle. Cela me vaut une rencontre heureuse avec un indigène, un caïd s'il vous plaît, lancé à la charge dans une direction transversale. Rencontre impossible à éviter, en vertu de la vitesse acquise, et par bonheur sans résultat fâcheux, mais néanmoins choc violent suivi d'une poussée verticale de ma pauvre carcasse, plus instable que celle de l'Arabe encastré dans sa selle et que la force du coup ne réussit pas à ébranler. Heureusement aussi, son moukhala tombé de ses mains (chargé naturellement), touche le sol sans que les chiens s'abattent. Le caïd le ramasse sans sourciller, nullement étonné de cet incident, et rejoint l'hallali qu'il abrège en déchargeant son arme sur le chacal exténué.

Car le fusil est dans ces réunions un complément indispensable; il supplée parfois à l'endurance des chiens en retardant l'animal blessé ou bien en l'achevant, pour mettre fin à sa lutte avec les sloughis. Les Arabes sont des maîtres en ce genre de tir; certains d'entre eux acquièrent une véritable adresse qui donnerait à penser aux meilleurs concurrents de nos tirs aux pigeons parisiens.

Après deux heures et demie d'une chasse aussi fructueuse, une longue retraite au pas nous permet de deviser joyeusement avant d'atteindre le village et la redoute éclairés là-bas par les rayons du soleil couchant.

Une diffa chez les Arabes.

Ce jour-là, nous fûmes encore invités chez les S***, afin d'y courir le lièvre avec leurs sloughis. La chasse n'était point cependant l'unique but de la journée; ils voulaient nous faire également les honneurs de la diffa (1) ou festin de gala qu'ils offrent aux personnages de marque séjournant sous leur kreima.

La *kreima*, c'est la tente arabe, et la réunion de plusieurs tentes forme le douar, sorte de village mobile dont le Bled infini consti-

(1) *Diffa*, de *diaffa*, hospitalité; *dif*, hôte.

tue les pâturages. Elle est composée d'un assemblage de bandes tissées avec le poil des chameaux, mélangé à la laine des moutons. Ces bandes de nuance foncée sont cousues hautes pour permettre à un homme de taille par une quantité de perches en bois assez fortement les unes aux autres et supportées moyenne de circuler sans se baisser sous la presque totalité de l'abri. De nombreuses *frachias* (1) ou couvertures légères aux couleurs bigarrées, esquissant des dessins plus ou moins bizarres, ornent l'intérieur des tentes, et d'épais tapis de haute laine, fabriqués à R'bat ou venant d'Aflou répandent sur le sol leur moelleux duvet. Des *ousadas*, ou coussins en laine bourrés d'alfa, sont le seul mobilier de cet intérieur, qui semblerait quelque peu primitif à nos modernes gentlemen. Et pourtant, malgré cette rusticité apparente, l'on éprouve un véritable bien-être à s'y repo-

(1) Prononcez *frächias*, du verbe *frach*, il a étendu.

ser, nonchalamment étendu à la manière orientale.

La richesse de la kreima est évidemment proportionnée à la fortune du propriétaire. Le vulgaire Bédouin, le *mesquine* (1), ne possède qu'une simple tente, supportée par de méchants piquets de bois; mais le chef puissant, caïd ou agha (2), ne ternira pas la blancheur de ses nombreux burnous au contact du sol, qu'il recouvrira de couvertures de prix, tissées avec soin.

Le caïd El-Hadj A*** (3) était venu au-devant de nous, avec son neveu Cheikh ben Mohammed, jusqu'à une hauteur située à deux kilomètres de son douar, et dont les contours sinueux formaient pour lui l'horizon. Nous échangeâmes les salutations d'usage.

---

(1) *Mesquine* est l'équivalent de pauvre, miséreux.

(2) Le caïd est le chef d'une tribu; l'agha, celui de plusieurs tribus.

(3) El Hadj signifie le pèlerin. Les Arabes ayant fait le voyage de la Mecque font précéder leurs noms de ce titre.

Les deux Arabes mettent lestement pied à terre, abandonnent sur place leurs coursiers aussitôt immobiles, se précipitent sur nous et nous touchent la main en reportant ensuite leurs doigts à leur bouche, selon le rite musulman. C'est un usage que le Français soucieux de ne plus passer pour roumi ou novice aux choses d'Afrique s'empresse d'adopter vis-à-vis des indigènes, avant d'entamer avec eux la conversation.

Nous voilà donc, amazones et cavaliers, en route pour le douar : au loin, la silhouette des tentes ébauche devant nous autant d'ombres sinueuses, tranchant sur la couleur jaune de l'alfa. Nous ne tardons pas à prendre le galop; nos deux Arabes nous précèdent de quelques mètres, sur leurs petits chevaux dont les crins longs et épais flottent au vent. Là-bas, dans le fond de la plaine, les gens du douar nous ont aperçus, et, se rangeant sur la lisière, attendent curieusement notre approche. Il n'y a là, bien entendu, que les hommes et les enfants; les femmes sont retenues dans leurs tentes, à l'abri de nos regards indiscrets, par les sévères prescriptions du Coran. Ce n'est pas, d'ailleurs, sans un certain étonnement, peu à peu affaibli par le contact des Européens, que les Arabes voient chez nous la femme vivre au grand air et participer à nos plaisirs de toute sorte. Chez eux, la femme, confinée dans les soins du ménage, n'a guère d'autre distraction que le bain maure et les visites au cimetière. Chaque jour elle va procéder à ses ablutions et blanchir en même temps les étoffes de laine qui forment sa garde-robe; chaque jour aussi elle va prier le grand Mohammed sur la tombe de ses parents défunts, et elle retrouve la plupart de ses compagnes, avec qui elle devise, à l'instar de nos élégantes se rencontrant dans un grand magasin du boulevard. Mais ici, point d'élégantes, les femmes, riches ou pauvres, offrent aux regards du public le même costume monacal, le même haïk en laine ou en toile blanche qui les recouvre de la tête aux pieds comme un suaire.

Au contraire, les enfants, avec leur babil étonné et leurs costumes de petits bohémiens, sont là en grand nombre, prêts à se suspendre à nos pas pour quémander, si le caractère semi-officiel de la réception ne venait réfréner leur cupidité. Nous arrivons: plusieurs serviteurs s'empressent de tenir nos chevaux, qu'ils vont attacher à quelques mètres. L'entrave dont se sert l'Arabe pour enlacer le pied de sa monture est une grosse corde de laine, tissée très drue et d'une grande solidité; les femmes se chargent de ce travail, dont elles s'acquittent admirablement. Un nœud coulant retient le pied du cheval, et les extrémités sont liées d'une façon spéciale à une touffe d'alfa : de la sorte, rien à craindre. Voilà qui est bien loin de la corde à boucles, de l'entrave en cuir avec longe et du piquet en fer ou en bois. La méthode est plus pratique que la nôtre; ne savent-ils pas mieux que nous, en toutes choses, ce qui s'adapte aux nécessités du pays ?

Le caïd nous prie d'entrer sous la kreima, dont il nous fait fort gracieusement les honneurs. A peine sommes-nous assis, ou plutôt couchés, que des serviteurs apportent le kahoua, café maure, qui remplace, avant le repas, notre affreux apéritif d'Europe.

Nous voici donc rangés, en un vaste cercle, autour d'un large plateau de cuivre où s'enchevêtrent des dessins multiples. Et, à la ronde, des tasses minuscules, venant en droite ligne de Sarreguemines ou d'Angoulême, permettent de déguster le liquide brûlant contenu dans une cafetière commune sortie d'un magasin quelconque de quincaillerie. Ainsi, l'Arabe n'a pas le sentiment de l'homogénéité dans l'art; il ne sait pas distinguer le beau du clinquant. Il en est ainsi pour tout ce qui l'entoure; l'Arabe semble même avoir emprunté à la civilisation européenne ses défauts plutôt que ses qualités. Il n'avance guère dans la voie du progrès, ou, du moins, c'est à petits pas. Méfiant par nature, paresseux par tempérament, mais dur à la fatigue et plein d'ardeur au besoin, il ne connaît de l'existence que ce qui a trait à la vie journalière. Et, certes, s'il ignore la différence entre le « fin de siècle » et le « vieux jeu », ne le plaignons pas.

Si le manuel du parfait gentleman n'est point pour lui d'une lecture courante, l'Arabe sait néanmoins parfaitement recevoir ses hôtes, avec la plus grande courtoisie. La coutume veut que seul le caïd prenne place à la table d'honneur (le mot table est pris ici au figuré, bien entendu!). Les autres personnages de la tribu n'y sont point admis, même les fils du chef, qui, par déférence filiale, ne doivent ni manger ni fumer en présence de leur père. Chaque plat est successivement présenté aux invités, puis aux gens du douar, par ordre d'importance, depuis la famille du caïd jusqu'aux serviteurs et aux chiens; ces derniers se font une fête de ronger un os ou de nettoyer les restes d'un plat de couscous.

Le café est délicieux. Pendant que nous le dégustons, les Arabes se sont rapprochés de l'entrée de la tente et nous regardent de leurs yeux surpris par la présence des deux amazones. Celles-ci, attirées par le bruit du dehors, sortent avec précipitation : quelle n'est pas leur curiosité en apercevant le cortège des indigènes porteurs de plats divers et des fameux *méchouïs* (1)! Une dizaine de marmitons, qui sont loin d'avoir la blancheur de la fonction, s'avancent religieusement avec les différents services. Les plus intéressants sont les trois *biccos* qui tiennent chacun, empalé sur une perche, un agneau rôti à la chaleur d'un tas de braise : c'est le méchouï, douloureusement allongé sur sa broche, la tête entre

(1) Le mot *méchouï* signifie proprement brûlé ; le terme technique est *messaouar*, qui veut dire rôti. Le train de devant s'appelle le *gachouch;* le train de derrière, *tadinet*.

les pattes, la peau dorée au feu. Pendant toute la durée de la cuisson en plein air, un indigène l'a soigneusement arrosé avec un tampon fait d'un morceau de laine fixé sur un bâtonnet et trempé dans une eau graisseuse et salée. Le pauvre animal est porté solennellement, comme un emblème il est tenu verticalement, et sa vue excite les convoitises. Les porteurs sont à deux reprises arrêtés et placés devant les objectifs de nos charmantes ladies; il nous faut être galants pour supporter ce retard, affamés que nous sommes par une longue attente.

L'entrée des agneaux donne le signal du ralliement; les trois victimes sont déposées devant nous, dans de grands plats de bois ou de cuivre; chacune d'elles est retirée de sa perche et courbée en deux comme un agneau d'image pieuse. Immédiatement nous précipitons nos doigts sur sa chair pantelante, et nos ongles en arrachent une peau qui croustille sous nos dents. Le caïd a relevé les étoffes qui recouvrent son bras droit, plonge sa main dans le ventre du mouton et retire les rognons qu'il s'empresse d'offrir aux dames, mais celles-ci ne les aiment point, et ces morceaux de choix nous reviennent, à notre grande satisfaction.

Le méchouï n'est vraiment bon que s'il est mangé très chaud. Sa peau craque légèrement sous la dent; la farce qui garnit l'intérieur, faite de graisse (1) et de poivre, donne à l'animal une saveur particulière. Et tout cela est dévoré à pleine bouche; c'est tout juste si l'on y ajoute un peu de la galette (2) faite de farine d'orge qui nous sert de pain. Nous en sommes quittes, après cette opération, pour verser un peu d'eau sur nos mains avec l'aiguière qu'un serviteur passe devant nous.

Inutile de dire qu'assiettes et fourchettes

(1) Graisse de mouton, bien entendu ; les Arabes n'en emploient jamais d'autre.

(2) La Kesra.

n'existent pas : les moins habiles hasardent un couteau. A ce moment, on vous accorde cependant une cuiller en bois; elle vous sert à manger la *cherba* (1), potage composé de bouillon, de beurre, de vermicelle, et de tomate. Tous mangent naturellement à la même soupière, chacun puisant à volonté.

Suivent les différents *tajjins*. Ce mot signifie marmite (2); les tajjins ne sont autre chose que des ragoûts, mais leur variété est infinie. Il y en a où les morceaux de mouton sont mélangés avec des pommes de terre, des cardes, des pois : ce sont les plus vulgaires. Il y en a aussi aux pruneaux, aux raisins de Corinthe : ce sont les plus réputés. Pour contenter tous les goûts, on dépose devant nous un échantillon de chaque espèce, les plats font la navette, et nos cuillers en bois font une rude besogne à l'intérieur.

(1) *Cherba* : tout breuvage en général; du verbe *chrab*, il a bu. Le vermicelle est la *douïda; doud*, correspond au mot ver.

(2) Récipient en terre.

Et, direz-vous, pendant ce temps-là, vous aurez eu la pépie. Point du tout; seulement nous avons bu de l'eau légèrement goudronnée, à cause de l'outre (1) qui la renfermait, et du champagne que nous avions pris la précaution d'apporter avec nous.

L'Arabe, pour qui le vin est une chose défendue au même titre que l'alcool, ne croit commettre pourtant aucune faute contre le Coran en trempant ses lèvres dans une coupe où pétille un « mousseux » quelconque; fût-il de qualité ordinaire, ou médiocre, il est toujours trouvé excellent. Le mot coupe est évidemment une métaphore en l'occasion : nous n'en possédions pas. Chacun buvait au même bol et y revenait étancher une soif difficilement assouvie. Néanmoins, les dames eurent à la fin, en guise de verres, de ces petites tasses à café dont il a été question tout

(1) La *guerba*, peau de bouc que l'on goudronne à l'intérieur pour la rendre plus saine et moins poreuse.

à l'heure : de proportions minuscules, elles convenaient sans doute à leurs lèvres, mais ne suffisaient pas à apaiser leur soif.

Dans la vie ordinaire, l'Arabe boit également une sorte de petit lait (1) ou lait écrémé de chèvre ou de brebis, souvent un peu aigre.

Un plantureux couscous termine la diffa. Ce plat, devenu légendaire parmi nous, est excellent quand il est bien préparé. Il peut être mangé au début du repas, au milieu ou même comme entremets, suivant l'assaisonnement; mais souvent il est servi à la fin. C'est tout simplement une semoule (2) assez épaisse et très cuite. La sauce qui l'accompagne, ou *marka*, peut en faire un potage ou une bouillie, suivant que la semoule est plus ou moins liquide. Des œufs durs, coupés en morceaux, rehaussent le couscous que l'on mange en creusant avec sa cuiller une cavité

(1) Le *leben*, qui rafraîchit l'estomac, habitué à un régime échauffant.

(2) Farine de blé roulée en grains.

au bord du saladier; la cavité s'agrandit plus ou moins, suivant l'appétit de chacun.

Tous les reliefs de ce repas monstrueux passent successivement aux gens du douar, selon leur rang et leur qualité.

Le thé, fait à l'arabe, avec quelques feuilles de menthe mêlées à l'infusion, nous permet de clore ce menu pantagruélique.

A la diffa, succéda une galopade dans l'alfa après quelques lièvres dont les sloughis eurent vite raison.

Toutes les diffas se ressemblent à peu près. La présence d'un grand personnage en devient toujours l'occasion : ainsi, le Président de la République, dans son voyage au Kheider (1), s'est vu offrir la diffa. Celle-ci a été exceptionnellement importante; tous les raffinements de la cuisine arabe y ont été déployés. Malheureusement, il y avait de l'argenterie, les invités ont bu dans des coupes.

(1) En avril 1903.

Les convives y ont certainement gagné en commodité, mais la couleur locale y a sensiblement perdu. Il y a eu des méchouïs de toute sorte : agneau, chamelon de lait, mouflon, gazelle, rien n'y a manqué. On devine quelle fosse il a fallu creuser pour le mouflon et quelle quantité de bois y a été entassée et brûlée.

Toutefois, si les Roumis n'ont pas mangé avec leurs doigts, ils ont pu néanmoins, grâce à leur entourage, se croire transportés dans un monde nouveau. Les cinq ou six mille goumiers venus de loin, jusque du cercle de Djelfa, à l'occasion de la revue, ont fourni, avec leurs brillants costumes, dont les dorures étincelaient au soleil, un cadre merveilleux à la solennité.

Le Président, à l'ombre de sa tente de commandement, a pu se croire un instant transporté dans le monde des *Mille et une Nuits* et n'avoir qu'un signe à faire pour que tous les turbans s'inclinent et obéissent à ses moindres désirs. La poudre, elle aussi, a été de la fête, et l'âme des moukhalas a bruyamment résonné : les chevaux hennissaient comme dans l'attente de l'attaque, et trépignaient d'impatience sous l'aiguillon des énormes *chabirs* qui carressaient en cadence leurs flancs retroussés.

L'art de combattre chez les Arabes.

Les récents événements du Maroc font songer à une rencontre entre les troupes du Sultan et les partisans de l'aventurier qui, depuis de longs mois, menace la capitale. Abdul-Asiz et Bou-Hamara passionnent à eux deux toute l'Europe diplomatique.

La pensée de ces luttes éveille chez nous l'idée de combat régulier. On prête volontiers au ministre de la guerre du Sultan, à Mehedi-el-Menehbi, ou à Mohammed-ben-Guebbas (1), des intentions tant soit peu stratégi-

(1) Successivement ministres de la guerre.
Ben Guebbas avait été auparavant chef de la mission marocaine à Alger chargée d'une nouvelle délimitation des zones frontières dans le Sud oranais. Il remplaça Menehbi après la disgrâce de celui-ci.

ques..... Pauvres gens dont on s'obstine à faire de grands généraux ! malheureux capitaines dont la prétendue réputation ne tiendra pas longtemps ! On imagine volontiers une série d'engagements livrés selon les règles de l'art, suivis du coupage des têtes qui orneront les piques des vainqueurs. Ce dernier trait est le seul vrai.

Pour avoir une idée exacte de la guerre chez ces peuplades, il faut se reporter à leur existence journalière. Peuples pasteurs et nomades, ils errent dans les vastes solitudes des Hauts-Plateaux : mais la houlette de ces bergers est un fusil. Leurs troupeaux, qui paissent tranquillement, pourront tout d'un coup changer de maître, par suite d'une razzia (1). Pour garder ces animaux, l'Arabe est tantôt à pied, tantôt à cheval. Sa bête peut être étique, mal soignée, mal nourrie, mal ferrée :

(1) *Razzia*, synonyme de pillage exécuté par surprise ; rapprochez du mot *r'zou*, troupe qui l'exécute.

jour et nuit, elle marche la route d'un pas d'amble résigné.

L'Arabe est toujours sur le qui-vive. Quand il quitte son douar pour une course à travers le bled, il emporte avec lui son fusil, un peu d'orge pour sa monture, et, drapé dans ses burnous, le voilà en route. Il va, son moukhala en travers de la selle, ou bien suspendu à son cou et rejeté en arrière sur les épaules. Il faut un cas grave pour qu'il se départe de sa somnolence apparente, sur sa selle à haute palette (1) dans laquelle il semble écrasé.

Mais qu'une fête ait lieu dans un douar, et vite la poudre parle aux alentours. C'est dans le déploiement guerrier, constant accessoire de ces fêtes, qu'il faut chercher l'image des rencontres telles qu'elles ont pu se produire et se produiront encore sur les champs de

(1) L'arcade de derrière se nomme *garbous tani;* l'énorme pommeau de devant, *garbous el' louel.*

bataille. Fantasia (1) ! mot universellement connu en France, auquel on donne à tort le sens d'excentricité.

La fantasia est l'image de la lutte entre deux partis ennemis telle qu'elle a lieu chez les Arabes. Ce mot implique seulement l'idée de guerre pour rire : un service en campagne qui n'a qu'une phase, la charge. C'est ce qui en fait toute la beauté : charge en ordre dispersé, car les Arabes ne marchent jamais autrement qu'en fourrageurs, quand ils sont dans le bled. Il n'y a de rassemblement compact qu'au moment d'un arrêt, quand la curiosité les porte à se concentrer sur un point. Bien vite ils reprennent, en se portant en avant, leur dispositif habituel. Cet exercice n'a lieu qu'en certaines circonstances : célébration d'un mariage, fête religieuse, événe-

(1) *Fantasia* vient de *fentasi*, fier, orgueilleux. Le terme propre est *lab er ril*, le jeu des chevaux ; *melab* signifie hippodrome.

ment heureux survenu dans la famille d'un *kebir* (1).

Qui dit fantasia exprime en même temps la joie, une joie exultante, où la poudre fait ricaner l'âme des fusils. Comme chez les autres peuples, le bruit est un indice de réjouissance.

Des cavaliers se détachent successivement de la ligne des fourrageurs, le fusil déjà en main, occupés à garnir l'intérieur de poudre qu'ils prennent dans une poire suspendue à leur ceinture. Avec une baguette en fer, ils bourrent au moyen d'un morceau de chiffon ou d'étoupe. Arrivés à une distance raisonnable, ils font demi-tour, puis s'égaillent brusquement à quelques mètres d'intervalle, ils s'élancent en tenant leurs rênes suspendues à leur cou, l'arme dans les deux mains et dirigée en avant, le canon effleurant les oreil-

(1) *Kebir*, grand, notable.

(2) *El mdeqq*, la baguette; du verbe *deqq*, bourrer.

les du cheval. Quand ils sont arrivés à quelque vingt mètres des gens sur lesquels ils doivent fondre, une salve générale enveloppe dans un nuage de fumée les dernières foulées des chevaux. Ceux-ci précipitent leurs dernières battues; puis, à quatre ou cinq mètres de l'adversaire, les naseaux encore gonflés, les flancs tout en émoi, ils s'arrêtent brusquement et la même scène recommence, les premiers acteurs étant remplacés par d'autres. Ce spectacle amuse toujours l'Arabe, le vieux qui regarde, comme le jeune qui exécute. Il est bon nombre de *chibani* (1) qui ne dédaignent pas de montrer aux jeunes qu'ils savent parfaitement « faire la fantasia ».

Quand le coup de fusil est parti, toute l'adresse consiste à jeter l'arme dans les airs en la faisant tournoyer par un habile mouvement des doigts. Le plus adroit est celui qui

(1) *Chibani*, vieux.

la lance avec le plus de grâce et saisit le canon au vol quand il semble devoir lui échapper.

Telle est la fantasia, telle est la façon générale de combattre des Arabes, méthode qui ne variera jamais : un galop de fourrageurs coïncidant avec un tir rapide au moment de l'abordage. Ceux qui n'ont pas assisté à de pareilles démonstrations guerrières douteront peut-être de l'efficacité du tir à cheval. La raison en est que ce genre de combat n'est pas dans nos mœurs. Nos meilleurs chasseurs de battue seraient en peine de montrer pareil talent, surtout s'il leur fallait monter un barbe frétillant comme un ver. L'Arabe excelle dans ce genre de tir; il le prouve à la chasse à courre, où il ne manque presque jamais son but.

Ceci est une éducation, leur sport à eux : et ils ignorent ce mot, plein de snobisme occidental, pour lequel nous professons une sorte de respect, que nous entourons même d'un certain idéal. Nous disons de l'homme désœuvré, mais gentleman accompli : il fait du sport. Nous lui créons ainsi une profession.

Fantasia à pied

A défaut de la fantasia à cheval, les Arabes exécutent la fantasia à pied. Les pays de montagnes, avec leurs chemins tortueux et leurs sentiers à flanc de coteau, n'offrent point de terrains propices aux charges bruyantes du *melab* (1). Ainsi en est-il chez les Kabyles. Ce nom s'applique non seulement aux tribus sédentaires qui peuplent la zone située à l'est d'Alger, comprise entre Dellys, Aumale, Sétif et Bougie, et que l'on appelle communément la Kabylie, mais encore à toutes celles

(1) *Melab* correspond à notre mot arène ; c'est l'endroit où se passent les jeux.

qui habitent les régions montagneuses s'étendant jusqu'aux confins du Maroc. Les plateaux du Djurdjura offrent des sites plus remarquables et plus nombreux que les gourbis épars dans les collines de l'Ouest, où le paysage est moins pittoresque. Pourtant, les admirateurs de la belle nature prétendent rencentrer en certains points de l'Oranie des reproductions de paysages de ce qu'ils nomment la vraie Kabylie.

Sur les collines du littoral, entre Nemours, l'ancienne Djemma-Ghazaouat (1) et le poste fortifié d'Adjeroud, près de l'estuaire du Kiss, dont le cours nous sépare de la terre marocaine, habitent de nombreux Kabyles, en des masures aux murs de pisé blanchis à la chaux, percés d'une seule porte : véritables nids d'aigle perchés dans la montagne. Des cactus (2) aux troncs énormes, étalant

(1) Assemblée de pirates; *razaouat* n'est que le pluriel de *r'zou*.

(2) C'est le fruit du cactus que l'on nomme vulgaire-

leurs larges feuilles plates hérissées de piquants, forment autour des habitations une ceinture impénétrable. Quelques terre-pleins transformés en jardins et limités par une *zeriba* (1) de branches de jujubiers complètent le domaine, où poussent encore quelques figuiers et quelques oliviers. Çà et là, traînent des enfants, avec une *gandoura* (2) loqueteuse pour tout costume, les pieds et les bras nus, les cheveux des filles teints au henné (3), ceux des garçons rasés, à l'exception d'une mèche au sommet de la tête (4). Les femmes,

---

ment la figue de Barbarie, granuleuse, mais rafraîchissante, au goût sinon aux intestins. Cette plante, botaniquement parlant, est le nopal, originaire, dit-on, d'Amérique, mais naturalisé depuis fort longtemps sur tout le littoral de la Méditerranée.

(1) Haie sèche; de *zreb*, haie.

(2) *Gandoura*, sorte de chemise très ample et aux manches très courtes.

(3) Le henné est une plante arborescente dont les feuilles et les fleurs réduites en poudre donnent, par une infusion dans l'eau chaude, une teinture de couleur rouge.

(4) Cette coutume n'est chère qu'à la secte dite des Aïssaouas ou à quelques fanatiques. Mahomet a prescrit à ses fidèles de se raser entièrement le chef.

assises par terre, tournent gravement le moulin en pierre (1) où l'orge se convertit en farine destinée à la confection des galettes ; d'autres étalent aux reflets du soleil, sur des branches épineuses, les longs rubans de toile de leurs haïks. En bas, dans le ravin, un laboureur guide le soc en bois d'une mauvaise charrue; à mi-côte, des mules haletantes, revenant du marché voisin, gravissent péniblement les flancs escarpés de la colline.

Quelque touriste veut-il promener chez eux sa curiosité, les Kabyles ne tardent pas à connaître sa présence. Lorsque sa qualité le rend digne d'une réception solennelle, le bureau arabe fait distribuer de la poudre. Les hommes se réunissent en avant du village, par déférence pour leur hôte; les femmes se pressent derrière les haies de cactus, poussant d'interminables youyous. Elles ne laissent dépasser que la pointe de leurs chächias, dont

(1) Le *mathana*.

le rouge est recouvert de paillettes de clinquant doré, et des mains aux ongles teints qui frappent bruyamment en l'air. Autour du logis, dont ils sortent comme d'une ruche inépuisable, les enfants voltigent en joyeux essaims.

Des rangs successifs de huit à dix figurants s'avancent en ordre serré, la gueule des fusils dirigée vers la terre. Ils marchent en cadence, à petits pas pressés, et jettent les uns sur les autres des regards furtifs, comme pour s'exciter à serrer davantage leurs rangs. Brusquement ils s'arrêtent, sautent tous ensemble en l'air, comme mus par le même ressort, retombent sur leurs pieds, puis exécutent une décharge générale. Les premiers combattants se rangent sur le côté, d'autres succèdent et simulent la même attaque. L'un d'eux porte derrière le dos, maintenu par des cordes, un bâton en haut duquel flotte un morceau d'étoffe bariolée, image de l'étendard du Prophète; de cette façon, il n'a pas à se séparer de son cher moukhala. Il semble représenter le chef d'une armée invisible qui est censée le suivre; il entraîne ses hommes imaginaires en se précipitant, tête baissée, au milieu d'un groupe d'autres guerriers qui l'accueillent par une salve bruyante, en faisant converger vers lui tous les canons de fusil. Les cris des pseudo-combattants animent la scène.

Le chef du gourbi ne manque pas de venir présenter ses hommages au noble étranger pour en obtenir quelque faveur, s'il peut en espérer un service. A toutes ses belles paroles, entremêlées des souhaits les plus fervents, le voyageur répond par autant de formules de salutations, accompagnées de gestes, et bientôt le cortège, s'écoulant en une longue file, gravit le chemin sinueux qui le fait disparaître à l'horizon.

Alerte !

Grande nouvelle....., nous partons à la frontière marocaine..... Si-Allal se bat chez nous..... On va à la rescousse. . . . .

. . . .

En peu de temps, toute la redoute de Maghnia se trouve sur pied. Qui partira d'abord ? Tel est le mot qui court sur toutes les lèvres. Chacun voudrait que sa compagnie fût désignée.

Il est midi; un midi du mois de juin, où le soleil accablant invite à la sieste; le bruit de départ a circulé comme un courant électrique. Les tirailleurs, en ville, hâtent le pas vers le bordj. Là-bas, la sentinelle en faction redresse la tête plus fièrement que de coutume; ses doigts remuent fébrilement le bois de son fusil, et sa crosse impatiente rebondit sur la terre. Va-t-elle partir aussi, au lieu de monter une garde monotone devant cet antique bastion ?

A l'intérieur, le remue-ménage bat son plein. Les hommes se croisent, se jetant quelques mots au hasard des rencontres. Les commandants de compagnies sont réunis par le chef de bataillon : chaque turco attend, pour boucler son sac, l'ordre définitif, qui ne tarde pas à être donné.

Dans le bourg, des spahis portent des plis de service. Le bureau arabe est aux aguets. Les *mokhazenis* (1) s'agitent sous leurs burnous bleus, flairant une bonne aubaine. Un cavalier galope sur la route de la smala la

(1) De *maghzen*, gouvernement. Ce sont des indigènes à notre service.

plus proche. Et les clairons, tambours et *raïtas* (1) retentissent à la porte de la redoute, précédant l'heureuse compagnie qui se rend à Zouj-el-Berel (2), à dix kilomètres au sud, sur la frontière même.

Aux sons de la *nouba* (3) les tirailleurs marchent d'un pas allègre sous le poids respectable de leur paquetage de campagne, en pensant qu'ils vont enfin vider leurs cartouchières pour de bon. Ceux qui restent les félicitent et les envient : quels rêves ne forment-ils pas en leurs cerveaux, quels châteaux ne bâtissent-ils pas au Maroc, en suivant des yeux les camarades qui disparaissent sous les bosquets de tamaris, hâtant le pas derrière les clairons devenus silencieux !

De l'autre côté du bled, le prétendant re-

(1) Sorte de hautbois.

(2) Littéralement les *Deux-Mulets*, nom d'un endroit où se trouvent des puits permettant d'abreuver les animaux.

(3) Nom qui s'applique à l'ensemble des clairons, tambours et raïtas.

mue fortement les tribus qui ne savent pas trop à quel parti s'allier. Se donneront-elles à Moulaÿ-Mohammed ou resteront-elles fidèles à Abdul-Aziz ? La question d'intérêt les fera toujours hésiter. Si le prétendant était vainqueur, que deviendraient les troupeaux des serviteurs du Sultan ? Et si ce dernier battait définitivement son adversaire, quels châtiments ne réserverait-il pas à ses ennemis ! Aussi, très perplexes, les gens d'Oudjda sont-ils tour à tour pour celui des deux rivaux dont ils se trouvent le plus rapprochés. Quant aux tribus éloignées de Fez et trafiquant seulement avec les Français, elles sont bien indifférentes à la cause du gouvernement régulier ou à celle de l'usurpateur; la seule chose qui leur soit chère est la liberté de vivre leur existence habituelle.

Le marabout Si-Allal, avec une centaine de cavaliers, évolue dans la plaine des Angad. Les affaires du Sultan l'ont attiré aux environs d'Oudjda; ajoutez-y le désir d'une vengeance personnelle, l'occasion toujours attrayante de tirer quelques coups de fusil. En amenant ses gens à Zouj-el-Berel, il n'a pu s'empêcher de provoquer quelque tribu des alentours, qui ne semblait pas partager ses idées. Peu de chose suffit pour faire éclater la discorde entre deux peuplades déjà sourdement hostiles. Si-Allal, venu du Sud pour juger de l'état des esprits dans le Tell, verrait avec plaisir les Français prendre part aux démêlés du Sultan. Il se jetterait lui-même de grand cœur dans la lutte, mais une chose l'embarrasse : c'est de ne pas se voir prêter notre appui. Comme il est notre allié, il ne veut pas perdre, avec notre amitié, les subsides que nous lui donnons. Pour brusquer la réalisation de ses plans, il essaie de guerroyer près de notre territoire. Le passage de son goum (1) a donné l'éveil aux alentours.

(1) *Goum*, du verbe *gam*; aoriste *igoum* : lever des troupes. C'est le rassemblement des gens valides de la tribu.

Des cavaliers étrangers se sont rassemblés derrière lui, afin de le harceler. Le vieux rusé les attire, espérant les amener à combattre sous nos murs. Il escompte la gloire d'avoir purgé la frontière de ces voisins turbulents. Ses cavaliers sont moins patients que leur chef, et faute d'une discipline rigoureuse, il a peine à les maintenir. L'odeur de la poudre les excite, leurs chevaux tendent les naseaux; un coup de feu parti prématurément, et la mêlée s'engage. Tout à coup, derrière la crête, surgissent au pas de course les joyeux tirailleurs.

Ceux-ci s'arrêtent, prêts à ouvrir le feu. Le commandant supérieur ordonne aux goums de se disperser, sous peine de voir les Français envoyer des balles dans le tas, sans distinction de parti..... Perdues, les illusions de Si-Allal; perdues aussi, hélas, celles des braves turcos venus dans l'espoir de prouver leurs brillantes qualités. La main droite sur leurs cartouchières, ils n'attendaient qu'un signal.....,il ne vint pas : les goums avaient compris.

Le marabout reste sur place, ses adversaires se perdent dans la plaine. L'arrivée des spahis de la smala achève de convaincre les Marocains. Le soir venu, le campement français entoure les tentes de Si-Allal, qui a déposé ses armes entre nos mains. Le lendemain, à l'aube, tous, Français et indigènes, s'acheminent vers Maghnia; les goumiers sont laissés à proximité de la redoute sous bonne garde : on ne pourrait donner à ces braves la liberté immédiate sans craindre de voir leur querelle de la veille recommencer à bref délai.

Sur l'esplanade où ils sont installés, ils restent pensifs, surveillant leurs armes qu'ils ont groupées par terre, en avant d'eux : cette mesure, imposée par le bureau arabe, leur a évité un désarmement plus cruel. Plusieurs, par deux ou par trois, se sont répandus dans le village pour faire quelques achats. Les juments, encore sellées, laissent pendre tristement vers le sol le bout de leurs rênes. Elles paraissent étonnées de ne pas courir le bled... les fusils sont pourtant là, semblent-elles dire....., susceptibles de faire de bonne besogne.

Si-Allal, pensif, médite la profession de foi dont il veut le soir rebattre, une fois de plus, les oreilles du commandant supérieur.

Les Djichs [1]

Un mot dans bien des bouches, dans bien des colonnes de journaux depuis la conquête du Sud oranais. Jadis, les Touaregs faisaient parler d'eux; aujourd'hui ce sont les Berabers. Véritables « partisans » du désert, où ils règnent en maîtres, ils le parcourent en tout sens, y vivant du vol et de l'assassinat. Actifs, énergiques, audacieux à l'extrême, ils risquent volontiers leur vie dans leurs entreprises quand celles-ci ont pour but une vengeance ou le pillage d'une caravane. Leur

(1) Troupes; du verbe *djich*, rassembler des troupes.

existence de nomades favorise leurs exploits. Mobiles comme le sable des dunes sous l'action d'un vent puissant, ils se transportent à des distances énormes, les franchissant sans d'autre raison que l'espoir d'une attaque fructueuse, d'une victoire facile due à une prompte surprise. A cheval ou à méhari, mais plutôt sur ce dernier animal, dès qu'ils s'enfoncent dans les régions dépourvues de toute ressource et fort éloignées des oasis, ils lèvent l'impôt au désert, prenant malheureusement pour contribuables les paisibles voyageurs et leurs escortes.

L'effectif d'un djich est assez réduit. Il se compose seulement de quelques hommes, hardis et entreprenants, doués de toute la fourberie particulière à la race arabe, entièrement dépourvus de scrupules, intelligents et rusés. La faiblesse du nombre est une condition nécessaire pour leur assurer une grande rapidité d'exécution, et pour leur permettre, en cas de réussite, comme d'insuccès, une prompte retraite, La surprise est leur tactique ordinaire; la haine de l'infidèle excite encore leurs âmes de bandits.

Le djich fourrage autour des postes, guette les courriers, les patrouilles, les cavaliers isolés, les saluant à l'occasion de salves meurtrières, heureux quand au produit de son brigandage il peut joindre la tête d'un de ses ennemis; le sanglant trophée est enfoui en un clin d'œil au fond de l'hamara (1) suspendue à l'arcade d'une selle. Puis tous s'enfuient au galop. Le désert les engouffre et semble se refermer sur leurs pas; il ne reste plus sur le théâtre de la lutte que les victimes affreusement mutilées et quelques traînées vermeilles d'un sang vite absorbé par le sable que le soleil a tôt fait de jaunir de nouveau.....

Et quand la nouvelle arrivera au poste voisin du dernier attentat commis par le djich

(1) Musette en laine, ornée de franges.

mystérieux, celui-ci sera loin. Fort tard dans la soirée, les goumiers lancés à sa poursuite rencontreront les traces encore chaudes de son passage; mais la nuit viendra interrompre leur marche, les ténèbres assureront le salut des fugitifs. Il semble d'ailleurs que la nature veuille protéger ces pillards, témoigner son affection à ces amoureux du désert, que la conquête prétend venir déranger au nom d'une civilisation qu'ils ne veulent pas connaître.

L'expédition a surtout lieu la nuit, ou à la pointe du jour. Faut-il reconnaître un camp ? Le djich s'arrête à distance pour ne pas donner l'éveil; du groupe silencieux un homme se détache en éclaireur. Il s'approche en rampant; comme son ombre pourrait le trahir, le bandit s'entoure de toutes les précautions pour tromper la vigilance des sentinelles. Il s'est débarrassé de son burnous et n'a sur lui qu'une mince chemise; sa main crispe nerveusement son fusil, dans sa ceinture est enfoncé un poignard affilé. Il foule légèrement le sol caillouteux; de temps à autre il s'arrête, prête l'oreille : a-t-il été soupçonné ? En haut du parapet ennemi il semble distinguer une forme ronde qui dépasse et disparaît pour surgir plus loin..... quelque chose comme la châchia d'un tirailleur. Déjà son imagination d'Oriental se figure des monstres affreux. Continuera-t-il à serpenter dans la nuit, ou fera-t-il jaillir de son vieux moukhala l'éclair qui portera la mort au front de son ennemi ?... Si pourtant l'autre avait usé de subterfuge?... Si cette silhouette n'était qu'un simple bonnet rouge au bout d'un bâton?... Tirer serait déceler sa présence et faire inutilement le jeu de son adversaire.

Toujours silencieux, il arrive au fossé d'enceinte. Il s'y laisse couler dans l'ombre, et découvrant soudain la sentinelle sur le talus opposé, d'un bond se jette sur elle. Tous deux, se prenant à bras le corps, roulent dans le fossé; le turco lance un suprême appel à la redoute endormie. Le poste accourt, tandis que le tirailleur, auquel l'Arabe a fini par échapper, ne rapporte qu'un lambeau de toile, reste de la gandoura du bandit (1).

Le djich au complet se précipite à la hâte dans le lointain, dans la nuit. Le coup manqué cette fois réussira peut-être la suivante. L'audace des rôdeurs s'attaquant aux sentinelles n'est pas aussi rare qu'on le suppose.

L'une d'elles, il y a quelques années, fut tuée à bout portant, tandis qu'elle regardait anxieusement au delà du parapet qui l'abritait. Elle paya de sa vie sa vigilance, véritable victime du devoir. La balle, entrée du côté de l'épaule, ressortit à la base du cou; et l'agresseur disparut sans qu'il soit possible de relever ses traces.

On a vu des villages en formation mis à sac par la descente d'un djich et les malheureux

(1) Duveyrier (Sud oranais), septembre 1900.

habitants, terrifiés, quitter à l'aube les masures dévastées la nuit même (1). Les troupeaux excitent particulièrement la convoitise des pillards et doivent être gardés en conséquence.

La *harka* (2) réunit jusqu'à plusieurs centaines de cavaliers, et constitue par là-même une force plus imposante; elle rappelle les bandes armées du moyen âge, courant en tous sens à travers l'Europe, et qui disparurent après la guerre de Trente ans, — mais avec les différences dues au changement d'époque et de pays. Les soudards de Piccolomini ou de Wallenstein avaient à leur tête des chefs; les dissidents des harkas ne connaissent aucune discipline au sens où nous

(1) Cet attentat et le précédent ont eu pour théâtre, en pleine saison de l'été 1900, la redoute et les environs du poste d'Hadjerat-M'-Guil, situé à 16 kilomètres au sud de Djénien-bou-Rezg (Sud oranais). Le corps du tirailleur a été le premier inhumé en ce coin d'une terre peu hospitalière.

(2) Incursion; par extension, groupe de gens qui l'opèrent; du verbe *harak*, entreprendre une incursion.

l'entendons. La passion du lucre, le plaisir du meurtre donnent un moment, un jour, quelques semaines, à cette poignée d'êtres à demi sauvages, l'unité de direction et l'unité d'action. C'est la force brutale au service d'un fanatisme aveugle, détruisant, ravageant tout ce qui se trouve à sa portée, jetant la terreur dans les *ksours* (1), frappant les habitants d'une contribution de guerre, leur faisant payer de leur vie leur refus ou même leur mauvaise grâce à s'exécuter.

On songe avec quelque surprise aujourd'hui à toutes ces mœurs qui nous font penser aux contes fantastiques des *Mille et une Nuits* ou à la légende de Barbe-Bleue.

La harka étant plus importante que le djich, est souvent signalée avant d'avoir pu agir. Néanmoins, toujours très mobile, elle peut, en quelques heures, apparaître en vue d'un poste comme s'éclipser : elle est rompue aux

(1) Pluriel de *Ksar*, village fortifié.

longues traites. Les incursions des harkas dans l'Extrême-Sud oranais sont encore présentes à bien des mémoires; la vaillance des petites garnisons, contre lesquelles s'acharnèrent ces hordes de brigands, eut raison de leurs attaques inopinées, mais non sans laisser parfois sur le terrain les corps inertes et sanglants de quelques braves, morts au champ d'honneur pour la défense du nom français dans ces contrées rebelles, déshéritées de la nature, fermées pour longtemps encore à nos idées.

Longtemps aussi ces maîtres du bled resteront imprenables. Leur champ d'action n'a point de limites, et l'impunité dont ils se targuent n'est pas le moindre stimulant à leur audace. Durs à la fatigue, toujours âpres au butin, ils sont contents de voler, heureux de tuer; scrutant dans leur course vagabonde l'horizon qui fuit devant eux, ils devinent de loin le mince sillage de la caravane que vient de dissimuler un mouvement de terrain. Il faut leur rendre cette justice que, doués d'une énergie féroce et d'un réel courage, ils ne redoutent pas la lutte et trouvent à la fumée de la poudre un parfum de victoire.

Comme tout ce qui est brave, ils ont quelque chose d'attrayant; vaincus, ils ont droit à l'hommage du vainqueur. Il y a quelques années, l'autorité militaire résolut de châtier la région des Beni-Smir (1) et en particulier d'y poursuivre un certain Mohammed-ould-Ali, l'agitateur du pays. Un soir (c'était en automne), quelques centaines de goumiers s'acheminèrent, sous une pluie battante, les uns à pied, les autres à cheval, marchant en file pour ne pas s'égarer. Les fusils, portés en travers sous les plis ondulés des burnous, donnaient aux hommes des airs de fantômes dont la blancheur ne se devinait, dans la nuit noire, que lorsqu'on les côtoyait. La malchance leur fit rencontrer un oued démesuré-

(1) Voisine du Figuig.

ment grossi par l'orage : on eût dit que le ciel prenait en mains la cause des Beni-Smir. La petite troupe dut attendre l'aurore pour franchir les eaux; elle fut quelque peu éventée avant d'atteindre les montagnes.

On trouva le vieux brigand en son repaire avec ses fils; il avait laissé fuir le reste de sa famille et ses gens, tenant à défendre lui-même son dernier fossé. Ses fils lui chargeaient les fusils et les lui passaient : le vieux seul tirait et chaque coup portait. Cet homme vécut son agonie sous le feu : elle fut terrible et grandiose. Quiconque, quelques heures après ce court combat, put voir la tête du bandit dans le sac de cuir d'un goumier, les yeux à peine fermés, la bouche encore souillée d'écume, fut forcé d'admirer, malgré lui, la fierté sauvage de ce chef cruel qui, la veille encore, tranchait les têtes de ses prisonniers.

TABLE

BIBLIOTHÈQUE NATIONALE R.F. IMPRIMÉS

Paris et Limoges. — Imprimerie H. Charles-Lavauzelle.

www.ingramcontent.com/pod-product-compliance
Ingram Content Group UK Ltd.
Pitfield, Milton Keynes, MK11 3LW, UK
UKHW021110200726
13857UKWH00003B/1154

9 782012 881853